I0551411

PRÉFECTURE DU DÉPARTEMENT DE LA SEINE

DIVISION D'ARCHITECTURE

INSTRUCTIONS GÉNÉRALES RÉGLEMENTAIRES

DU

SERVICE D'ARCHITECTURE

20 décembre 1876

TABLE

TITRE Iᵉʳ. — ATTRIBUTIONS DU PERSONNEL
ET MATÉRIEL.

VI

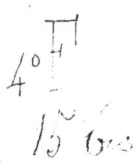

TITRE II. — Étude et exécution des travaux.

TITRE III. — Comptabilité.

TITRE IV. — Correspondance avec l'Administration.

TITRE PREMIER

Attributions du personnel et matériel

ARTICLE PREMIER

Les inspecteurs généraux (1) sont chargés de donner, par rapport écrit, leur avis, motivé avec le plus grand soin, sur les avant-projets et projets qui leur sont envoyés par la Direction, et sommaire seulement sur les estimations et devis (ces derniers étant revisés par le Service compétent aux termes de l'arrêté du 30 juin 1871). A cet effet, ils vérifient sur place l'état des édifices à restaurer et la nature du sol sur lequel doivent être élevés les édifices nouveaux ; il s'assurent que les dispositions proposées réunissent les conditions les meilleures et les plus économiques, font, au besoin, compléter le dossier de chaque affaire par la production de toutes pièces nécessaires à son instruction et indiquent, s'il y a lieu, les modifications qui leur paraissent devoir être apportées aux propositions et études des architectes.

Après l'approbation définitive des projets, les inspecteurs généraux sont chargés d'en surveiller et contrôler l'exécution. Ils veillent à ce que les architectes ne s'écartent des projets approuvés que dans la limite d'une étude d'ajustement et de détail plus approfondie, sans rien changer au parti général, à la nature de la décoration, aux matériaux à employer, ni aux moyens d'exécution. Ils doivent contrôler la comptabilité, notamment la tenue du sommier et des pièces et registres correspondants, s'assurer que les crédits ouverts ne seront pas dépassés

Inspecteurs généraux

---

(1) Les inspecteurs généraux ont été supprimés à partir du 1er janvier 1877, conformément à la délibération du Conseil municipal, en date du 19 octobre 1876. Les attributions qui leur étaient confiées et qui ont été maintenues sont actuellement réparties entre le Conseil des travaux d'architecture et le service du contrôle, par un arrêté préfectoral du 27 décembre 1876.

et donner leur avis sur la situation des dépenses comparées aux prévisions. (Circulaire du 31 mars 1874.)

Les résultats de cette surveillance sont consignés soit dans des rapports spéciaux, soit sur des états de situation fournis mensuellement par les inspecteurs généraux et sur lesquels ils prescrivent, s'i y a lieu, les suspensions de travaux pour cause d'inobservation des règlements administratifs, notamment lorsque la comptabilité est irrégulière ou qu'elle accuse des chiffres de nature à faire craindre des excédants de dépenses sur les crédits ouverts. Cette suspension n'est que provisoire et doit être ratifiée d'urgence par l'Administration.

Les inspecteurs généraux jugent en outre, en dernier ressort, lorsqu'elles font l'objet d'une contestation entre l'architecte et l'entrepreneur, les questions d'art concernant la construction, celles relatives à la qualité des matériaux pour certains ouvrages, à leurs dimensions et à leur emploi, et celles concernant la police du chantier, le tout conformément à l'article 48 du cahier des charges générales.

Enfin ils donnent leur avis sur toutes les questions ou propositions qui leur sont soumises par l'Administration et centralisent les affaires communes aux différentes natures d'édifices de leur inspection.

Les inspecteurs généraux sont en outre chargés de l'inspection des beaux-arts, conformément aux instructions du Service spécial des beaux-arts.

ART. 2.

Architectes.

L'arrêté du 30 juin 1871 précité fixe de la manière suivante les attributions des architectes :

« Les architectes d'arrondissements ont la surveillance de tous les » édifices municipaux et départementaux situés dans leur arrondisse- » ment, et la direction de tous les travaux d'entretien, de grosses » réparations et de restauration, et des travaux neufs de minime impor- » tance. Ils rédigent les projets et devis, règlent les comptes des entre- » preneurs et tiennent la comptabilité. »

La surveillance exercée par les architectes comprend non-seulement les édifices municipaux et départementaux, — même ceux dont l'entretien est à la charge des tiers et pour la conservation desquels les architectes doivent adresser à l'Administration telles propositions qu'ils jugent convenables, — mais encore les bâtiments que l'Administration tient en location et dont l'entretien est mis à sa charge par conventions spéciales. Ils signalent, par rapports spéciaux, tous les faits qui peuvent intéresser les édifices, tels que dégâts par les particuliers, incendies, accidents divers, etc.....

Les architectes doivent, pour les travaux qui leur sont confiés, non-seulement étudier les projets, dresser les devis descriptifs et estimatifs, revoir les cahiers de charges, etc., mais aussi donner préalablement leur avis, au point de vue technique, sur l'utilité, la convenance ou l'opportunité des travaux demandés ; ils exécutent les travaux, après autorisation, sous leur responsabilité personnelle, suivant les règles de l'art, au mieux des intérêts de l'Administration et dans la limite des crédits qui leur sont ouverts.

Pour assurer l'ensemble de ces prescriptions, les architectes doivent veiller à ce que chacun des agents placés sous leurs ordres et dont les attributions sont ci-après déterminées, remplisse avec régularité les obligations de son emploi, seul moyen d'obtenir, avec une bonne et rapide exécution des travaux, une comptabilité parfaitement exacte et constamment à jour.

Toutefois, les architectes peuvent, après en avoir obtenu l'autorisation de la Direction, modifier la répartition du travail entre leurs agents, lorsque ces modifications seront de nature à utiliser des aptitudes spéciales, et à pourvoir aux besoins du service dont les diverses parties peuvent varier d'importance suivant le mouvement des chantiers.

Les architectes chargés d'un édifice spécial ont les mêmes obligations et les mêmes devoirs en ce qui concerne la mission qui leur est confiée.

Les architectes ne doivent pas oublier que leurs attributions sont soumises au contrôle des inspecteurs généraux et qu'ils sont tenus de fournir à ceux-ci tous les renseignements et documents (projets, devis, pièces de comptabilité, etc.) de nature à faciliter l'accomplissement de leur mission, telle qu'elle est définie à l'article 1er du présent règlement.

VI *a*

Art. 3.

Personnel permanent. — Le nombre et le grade des agents attachés d'une façon permanente à chaque section sont réglés par l'arrêté du 3 octobre 1874 et par l'ordre de service du 13 novembre 1875.

L'INSPECTEUR est chargé plus spécialement de l'inspection des chantiers, au point de vue de la bonne et rapide exécution des travaux. Il surveille l'application du cahier des charges ; il tient le registre des ordres de service et le journal du chantier, fait opérer la rentrée des annexes, en contrôle le contenu, surveille la tenue des carnets et attachements figurés, notifie les ordres et règlements aux entrepreneurs, en un mot, seconde l'architecte dans la direction matérielle de l'œuvre et assure la marche régulière de la comptabilité. En cas d'empêchement ou d'absence de l'architecte, il peut être chargé par l'Administration de le suppléer.

Le VÉRIFICATEUR rédige les devis estimatifs d'après les devis descriptifs de l'architecte. En ce qui concerne l'exécution des travaux, il tient le sommier et dresse l'état sommaire mensuel des dépenses. Il reçoit les annexes des mains de l'inspecteur, il en vérifie le contenu, contradictoirement avec l'entrepreneur ou son représentant, tant sur place que sur le vu des carnets et attachements figurés. Il procède au règlement par application des prix de la série soumissionnée ; il refait, à titre de contrôle, tous les calculs compris dans les annexes ; il fait accepter les règlements par l'entrepreneur, dresse les décomptes et les propositions de solde et inscrit ces diverses opérations sur le sommier, au fur et à mesure de leur exécution ; enfin, il arrête le sommier avec l'architecte, en fin d'exercice ou d'opération.

. . . .

Le sommier et l'état sommaire s'appliquant à tous les travaux du service ordinaire de la section sont tenus par le vérificateur. . . .

. . . .

Le vérificateur doit signaler à l'architecte toute tenue imparfaite ou

---

(1) Arrêté et ordre de service rapportés et remplacés par arrêté préfectoral du 24 décembre 1878 et ordre de service du Directeur des Travaux en date du 27 du même mois.

incomplète des carnets et attachements figurés qui ne lui permettrait pas d'opérer régulièrement.

Les SOUS-INSPECTEURS OU CONDUCTEURS secondent l'inspecteur dans la surveillance et l'exécution des travaux. Ils doivent appliquer les prescriptions des cahiers des charges et en signaler les infractions, soit à l'architecte, soit à l'inspecteur.

Ces agents tiennent le carnet et dressent les attachements figurés ; ils secondent au besoin l'architecte dans les relevés, calques, autographies ou études nécessaires à l'exécution des travaux.

Les SOUS-INSPECTEURS OU CONDUCTEURS DESSINATEURS sont plus spécialement chargés des études. d'exécution, sous la direction immédiate de l'architecte.

PIÉTONS. — Le service des agences est fait par des piétons, garçons de bureau.

Personnel temporaire (1). — Les agents attachés temporairement aux architectes pour travaux neufs ou de grosses réparations sont nommés par arrêtés spéciaux ; le nombre et le grade en sont déterminés suivant l'importance des travaux.

Celui ou ceux de ces agents qui doivent coopérer à la préparation des dessins et détails d'exécution sont nommés aussitôt après l'approbation définitive des projets. Il n'est pourvu à la nomination des autres agents qu'après l'adjudication ou la concession de gré à gré des travaux.

Les agences sont dissoutes immédiatement après l'achèvement des travaux, constaté par leur réception provisoire. Le vérificateur peut toutefois être maintenu en fonction pendant trois mois encore après cette réception, afin de régulariser la comptabilité et de mettre en ordre les pièces de l'opération.

---

(1) En conformité des délibérations du Conseil municipal en date des 21 décembre 1878 et 27 février 1879, ces dispositions ainsi que celles ci-après relatives aux *travaux temporaires*, au *mobilier des agences*, ne sont plus applicables qu'aux grands travaux alors en cours d'exécution, et à ceux à entreprendre aux conditions anciennes, en vertu de décisions spéciales.

Art. 4.

Travaux permanents. — L'Administration fournit dans les édifices municipaux et départementaux les locaux nécessaires à chaque inspecteur général et aux agences de travaux du service permanent. Outre le cabinet et les bureaux de l'architecte sectionnaire, l'agence de chaque section, confiée à deux architectes, comprend un cabinet et une salle séparée au moins pour les services de l'architecte adjoint dont le bureau doit toujours être situé dans le même local que celui de l'architecte sectionnaire.

Les fournitures de bureau, c'est-à-dire le papier ordinaire (sans tête), le papier à dessin, les couleurs, l'encre, etc., sont seules à la charge des architectes, qui reçoivent à cet effet des frais fixes.

Travaux temporaires (1). — Pour les travaux neufs ou travaux de grosses réparations d'un certaine importance, nécessitant la présence d'une agence à proximité du chantier, il est construit un bureau provisoire en matériaux légers, à moins qu'il n'existe dans le voisinage un local à utiliser. La construction ou la location de ce bureau est une des charges des diverses entreprises de travaux.

Toutes les fournitures de l'agence sont à la charge de l'Administration et sont faites sur production de bons dressés par les architectes.

Le **Mobilier des agences** (2) est livré et repris par les soins et aux frais du Service du matériel de la Préfecture, qui en tient l'inventaire ; l'architecte doit, en conséquence, lui demander, par l'intermédiaire de la Direction des Travaux, le mobilier qui lui sera nécessaire et l'informer par la même voie, de tous les changements que peuvent subir les agences et qui sont de nature à motiver le déplacement de tout ou partie des objets composant ce mobilier.

Ce mobilier, dont l'architecte répond, doit être inventorié par lui.

---

(1) Voir l'observation mise en bas de la page précédente.
(2) Idem.

TITRE II

Étude et exécution des travaux.

Art. 5.

Les architectes sont chargés des travaux d'entretien à faire dans les édifices municipaux et départementaux, à l'exception seulement de certains travaux de plantation et de gaz confiés aux ingénieurs.

Travaux d'entretien.

Pour les **Plantations**, l'entretien confié aux architectes consiste dans le repiquage, le sablage et l'arrosement des cours et préaux, le Service des promenades devant pourvoir à l'entretien, à l'échenillage, à l'ébranchage et au renouvellement, s'il y a lieu, des plantations ;

Et pour le **Gaz,** les architectes sont chargés de l'intégralité des travaux de premier établissement et de l'entretien des conduites de distribution, depuis (mais non compris) le compteur jusqu'au point où les appareils sont vissés à ces conduites ; quant aux autres travaux, ils sont du ressort des ingénieurs chargés du Service de l'éclairage qui ont en propre : 1° la constatation du gaz consommé et la vérification des mémoires de la Compagnie Parisienne, notamment en ce qui concerne l'entretien du branchement de prise et du compteur ; 2° l'entretien de ce qui n'est pas scellé au mur, c'est-à-dire les appareils complets, à partir du point où ils sont vissés dans les conduites attenant à la construction ; 3° la suppression des engorgements de la canalisation par la naphtaline ou par suite de condensation, à la condition qu'il n'y ait ni reprise ni déplacement des plombs de la distribution (travaux dévolus aux architectes), les ingénieurs devant, d'ailleurs, faire payer sur les crédits dont ils disposent les dépenses occasionnées par les travaux dont ils sont chargés. (Circulaire du 7 février 1873.)

Les travaux d'entretien confiés aux architectes sont divisés en deux catégories :

1° *Travaux d'entretien obligatoire ;*
2° *Travaux d'entretien facultatif.*

VI *b*

Entretien obligatoire. — Les travaux d'entretien obligatoire comprennent les réparations locatives ou de menu entretien, la vidange des fosses d'aisances, le ramonage des cheminées, l'entretien des appareils de chauffage et de ventilation, la désinfection, la destruction des rats, etc., et, en général, les travaux et fournitures pour lesquels des marchés spéciaux, portant paiement à époques fixes, ont été passés.

Les architectes font exécuter ces travaux d'office, c'est-à-dire sans produire de devis et sans en référer préalablement à l'Administration.

Chaque année, au début de l'exercice, une partie des crédits d'entretien est mise, pour l'exécution de ces travaux, à la disposition de l'architecte sectionnaire, qui en fait la répartition entre lui et son adjoint.

Entretien facultatif. — Les travaux d'entretien facultatif comprennent tous les autres travaux d'entretien et particulièrement ceux dont l'exécution immédiate n'est pas indispensable pour assurer l'usage des bâtiments.

Ces travaux doivent toujours faire l'objet d'une autorisation administrative spéciale délivrée par le Directeur, sur production de devis dressés en la forme ci-après déterminée, avec rapport explicatif, plans, croquis et devis descriptif à l'appui. La dépense en est imputée sur la portion des crédits d'entretien dont l'Administration s'est réservée de déterminer l'emploi spécial.

Les crédits alloués aux architectes pour travaux facultatifs doivent être immédiatement inscrits au compte ouvert aux livres de comptabilité et additionnés au crédit déjà alloué pour dépenses obligatoires des édifices de même nature.

Travaux urgents. — Dans le cas d'extrême urgence, les architectes peuvent exécuter d'office les travaux qui ne sont pas compris dans l'entretien obligatoire, sauf à en donner immédiatement avis à la Direction et à produire simultanément un devis pour régularisation de la dépense.

Visite des établissements. — Indépendamment des signalements qui peuvent leur être adressés par les occupants, les architectes et leurs agents doivent, par des visites personnelles aussi fréquemment répétées que possible (Circulaire du 20 avril 1872), s'assurer de l'état d'entretien de tous les édifices qui leur sont confiés.

Les **Travaux de ramonage** doivent s'exécuter une fois par an, au moins, dans la première quinzaine d'octobre au plus tard. (Circulaire du 29 novembre 1873.)

Fosses et cabinets d'aisances. — Pour les fosses d'aisances, les architectes reçoivent directement et personnellement, des agents du service spécial, les notifications indiquant avec détail les travaux reconnus nécessaires. Aussitôt après l'exécution de ces travaux, les architectes en donnent avis au commissaire-voyer de l'arrondissement, pour qu'il puisse immédiatement délivrer, après vérification, l'autorisation de fermer la fosse et de la mettre en service. (Circulaire du 7 juin 1873.)

Les architectes doivent, en outre, veiller à ce que les fosses soient tenues en bon état de propreté, tenir la main à la rigoureuse exécution des marchés passés, tant pour la vidange que pour le nettoyage journalier des cabinets, donner, dans les établissements auxquels le traité de nettoyage ne s'applique pas, des instructions pour qu'il soit procédé, par les soins de l'occupant, à un lavage fréquent avec emploi de chlorure de chaux, sulfate de fer, acide phénique étendu d'eau. (Circulaire du 26 juin 1874.)

Paratonnerres. — Les paratonnerres doivent être visités complétement et nettoyés au moins une fois l'an, à la fin de l'automne; leur résistance électrique doit être en même temps essayée (*Instructions de la Commission spéciale*). Un agent spécial est adjoint pour ces opérations aux architectes qui en font la demande.

Nomenclature des édifices et locaux divers entretenus. — Cette nomenclature, dressée par nature d'édifices et d'établissements, doit être tenue au courant avec le plus grand soin. Chaque trimestre, l'architecte adresse à la Direction un état (négatif, s'il y a lieu) des modifications à y apporter.

Art. 6.

Travaux de grosses réparations.

Visite générale. — Chaque édifice doit être, avant la mauvaise saison, l'objet d'une visite générale dont les résultats sont consignés dans un rapport spécial adressé à la Direction du 1er au 31 octobre au plus tard.

Cette visite permet de prendre avant l'hiver, si des propositions n'ont pas été adressées par l'architecte dans le cours de l'année, les mesures que peut nécessiter immédiatement l'état des édifices. Elle a aussi pour but de servir à l'établissement du plan de campagne de l'exercice suivant et de déterminer l'emploi des crédits de travaux de **grosses réparations.** Ces travaux sont ceux qui intéressent principalement le gros œuvre des édifices, soit au point de vue de leur conservation, soit au point de vue de leur amélioration et quelquefois même de leur agrandissement. Ils ne peuvent être autorisés que sur production de projets, dans les conditions déterminées à l'article 8.

Travaux urgents. — Dans les cas de péril, les architectes peuvent prendre d'office les mesures nécessaires pour y parer, sauf à rendre immédiatement compte à l'Administration.

Monuments classés. — Aucun travail de quelque importance, de nature à modifier le caractère ou le style des monuments classés ou même à en altérer les détails intéressants, ne doit y être entrepris sans autorisation préalable.

Art. 7.

Avis préalable des travaux aux occupants.

Aucun travail ne doit être entrepris sans avis préalable aux occupants. (Circulaire du 18 juillet 1874.)

Les ouvriers ne doivent se présenter dans les établissements que munis d'un ordre de service signé par un des agents de l'architecte de la section, et ce, bien que le cahier des charges spéciales de l'entretien et les cahiers de conditions particulières de *couverture* et de *serrurerie*, pour les grands travaux, rendent les entrepreneurs responsables de tous les métaux et matériaux pendant l'exécution des travaux et jusqu'à leur réception provisoire.

Art. 8.

1° Avant-projet. — Lorsque les travaux à faire émanent de l'ini- **Rédaction des projets**
tiative de l'Administration (Travaux neufs, de grosses réparations,
d'améliorations ou d'agrandissement), un programme est adressé à
l'architecte. Il dresse un avant-projet à une échelle de 0,0025 ou de
0,005 pour mètre, avec estimation ou devis sommaire au mètre super-
ficiel et rapport explicatif faisant connaître la composition du projet,
les moyens d'exécution, etc., etc.

Les architectes adressent leurs avant-projets à la Direction des
Travaux. Lorsqu'il s'agit de travaux de minime importance, les avant-
projets sont adoptés sur le seul rapport de l'inspecteur général. Tous
les autres avant-projets sont, avec le rapport de l'inspecteur général qui
les accompagne, portés devant le Conseil d'architecture et communiqués aux Services administratifs intéressés, ainsi qu'il est dit à l'article
ci-après.

Ces Services entendus, l'avant-projet est retourné à l'architecte,
pour étude du projet définitif, avec indications des observations auxquelles il a pu donner lieu.

2° Projet définitif. — Les projets définitifs doivent être dressés
avec le plus grand soin et tenir compte de la qualité du sol con-
statée par des *sondages préalables*. Ils doivent contenir l'indication des
cotes de nivellement, tant sur la voie publique qu'à l'intérieur,
prévoir, suivant les cas, les moyens de *chauffage* et de *ventilation*,
en tenant compte des instructions de la Commission spéciale, la *canalisation du gaz*, les *appareils contre la foudre* (Instructions de la Commission spéciale, en date du 20 mars 1875 et circulaires des 1er et
12 octobre 1875), l'indication des *travaux de jardinage* et de ceux de
trottoirs extérieurs, de *branchements d'égouts*, d'écoulement des *eaux
vannes*, des *appareils fixes ou diviseurs de vidange*, la *distribution des
eaux*, etc. En ce qui concerne ces dernières, la quantité d'eau qui peut
être affectée à l'établissement, l'altitude que ces eaux peuvent atteindre

VI c

varient suivant leur provenance et suivant l'emplacement des édifices ;
les architectes ne doivent donc entreprendre aucun travail de distribution intérieure sans s'être munis, au préalable, par la voie administrative, de tous les renseignements nécessaires à ce sujet.

L'ensemble d'un projet définitif comprend : 1° le *programme ;* 2° les
plans des divers étages (celui du rez-de-chaussée en double, pour étude,
par les ingénieurs, du projet de plantation, s'il y a lieu), les *élévations,*
les *coupes nécessaires,* le tout à l'échelle de $0^m,01$ pour mètre ; 3° les
détails de construction, s'il y a lieu, à l'échelle de $0^m,05$ pour mètre ;
4° un *devis descriptif ;* 5° un *devis estimatif ;* 6° un *rapport explicatif*
suffisamment développé, permettant d'apprécier les raisons, les parti-
cularités de la composition, le mode de construction proposé, etc.
(Circulaire du 27 janvier 1872.) Ce rapport doit indiquer également, par
application des ordonnances royales des 4 décembre 1836 et 14
novembre 1837 : 1° les travaux à exécuter en régie ; 2° les travaux pour
lesquels il y aurait lieu de traiter de gré à gré ; 3° les travaux à mettre
en adjudication générale ou restreinte, réserve faite de ceux qui
demeurent confiés aux entrepreneurs de l'entretien conformément à leur
marché, dans la limite, rabais déduits, d'une somme de 10,000 francs
pour la maçonnerie et de 4,000 francs pour les autres natures d'ouvrages.

Tous les projets graphiques, avant-projets ou projets définitifs,
doivent être dessinés sur papier fort ou sur calques contre-collés de
préférence sur calicot. Pour les travaux de grande importance, on
devra réunir les diverses feuilles dans un album dont le format n'excé-
dera pas le 1/2 grand-aigle ; pour les projets moindres, on devra éviter de rouler les feuilles et les plier, au contraire, au format du devis
($0^m,31$ sur $0^m,21$).

L'Administration appelle tout particulièrement l'attention des architectes sur la rédaction des devis descriptifs et estimatifs.

Devis.   Le **Devis descriptif** doit être dressé par l'architecte et indiquer avec
soin le mode d'exécution des diverses parties du travail, les matériaux
à employer, la force des planchers, les dimensions des fers, zincs,
plombs, tôles, bois, marbres, etc., décrire et détailler le système de

décoration, enfin comprendre tous les éléments pouvant permettre au vérificateur de calculer les diverses natures de dépense des projets et aux inspecteurs généraux d'apprécier le mode de construction et de donner leur avis à ce sujet. (Circulaires des 27 janvier et 7 avril 1874.)

Le **Devis estimatif** est dressé par le vérificateur sous la direction et la responsabilité de l'architecte; il doit être divisé en avant-métré et résumé; l'avant-métré, ne contenant que les dimensions et la nature des ouvrages, le résumé, l'application des prix de la série de la Ville de Paris en cours.

Les devis doivent comprendre, comme les projets, les appareils de chauffage et de ventilation, l'éclairage au gaz (canalisation et appareils), les paratonnerres, les travaux de jardinage, ceux de trottoirs extérieurs, de branchement d'égout, d'écoulement des eaux vannes, des appareils fixes ou mobiles de vidange, etc.

Séries de prix spéciales. — Les travaux de trottoirs, de plantations, de branchement d'égout, de prise d'eau sur la voie publique étant exécutés par le Service des Ingénieurs et sous leur surveillance, les devis doivent en être dressés d'après les séries spéciales de ces Services (voir art. 13).

Les devis de travaux de paratonnerres, quoique exécutés par les architectes, doivent également être dressés d'après la série spéciale. (Circulaire du 12 octobre 1875.)

Art. 9.

Les avant-projets et projets définitifs de travaux d'une certaine importance, imputables sur les budgets de la Ville de Paris et du Département de la Seine, sont, ainsi que les projets de travaux intéressant les Administrations communales et autres qui relèvent de l'autorité du Préfet, soumis à l'examen du Conseil d'architecture, avant d'être communiqués aux Services administratifs intéressés, et ce, sur le rapport dressé par l'Inspecteur général conformément à l'article précédent.

Examen des avant-projets et projets définitifs par le Conseil d'architecture

Art. 10.

Demande d'aligne-
ment et de nivel-
lement.

Aussitôt que les architectes ont reçu avis de l'approbation définitive de leurs projets ils doivent adresser à la Direction une demande écrite d'alignement et de nivellement, accompagnée d'un plan du terrain sur lequel est projetée la construction ou la reconstruction.

Aucun travail ne peut être commencé avant la réception de l'indication officielle des cotes réclamées ; mais les architectes doivent se procurer officieusement, auprès de l'ingénieur ou du géomètre du quartier, sous forme de bulletin administratif, les renseignements qui leur sont nécessaires pour étudier leur projet. (Circulaire du 30 septembre 1873.)

Art. 11.

Pièces et documents
à fournir pour les
adjudications.

La Direction, en donnant avis aux architectes de l'acte administratif portant approbation définitive d'un projet, leur transmet un cahier des charges générales, ainsi qu'un cahier des charges particulières, pour chaque nature d'ouvrages devant faire l'objet d'une adjudication spéciale ; c'est sur ces derniers seuls que doivent figurer les clauses et conditions particulières qui peuvent être nécessaires, ainsi que les modifications dérogatoires ou additionnelles à apporter, s'il y a lieu, au cahier des charges générales.

Il n'est procédé à la publicité qui doit précéder l'adjudication qu'après régularisation de toutes les pièces à consulter par les soumissionnaires ; ceux-ci ne peuvent être admis à concourir à l'adjudication que si leur soumission est accompagnée d'un certificat indiquant l'importance et la nature des travaux exécutés, délivré par un architecte ou un ingénieur et n'ayant pas plus d'un an de date ; ledit certificat visé (pour communication) par l'architecte des travaux, auquel il doit être présenté huit jours au moins avant celui de l'adjudication, faute de quoi le visa pourra être refusé (1). Cette communication a pour

(1) L'architecte devra, en outre, préalablement au visa de ce certificat, exiger la preuve que l'entrepreneur est inscrit, à ce titre, au rôle des patentes, au moins depuis une année.

but de mettre l'Administration à même de connaître le nom de tous les soumissionnaires qui peuvent se présenter, et les huit jours qui précèdent celui de l'adjudication sont nécessaires pour se procurer leur casier judiciaire et les autres renseignements de nature à motiver, s'il y a lieu, auprès du bureau du Conseil de Préfecture procédant à l'adjudication, les demandes d'exclusion qui pourraient être jugées opportunes, conformément aux clauses et conditions générales du Ministère des Travaux publics (Arrêté du 16 novembre 1866) et à la circulaire ministérielle en date du 21 du même mois.

Les architectes doivent, en conséquence, adresser directement à la Division d'architecture, savoir : dès le soir du huitième jour qui précède l'adjudication, la liste avec noms, prénoms, dates et lieux de naissance de tous les entrepreneurs qui ont présenté des certificats à leur visa, et, au moins trois jours avant cette même adjudication, un rapport spécial faisant connaître leurs observations sur les concurrents dont ils seraient d'avis de demander l'exclusion.

Indépendamment de ces précautions et de l'application des mesures édictées par les cahiers de charges, les architectes doivent, au cours des travaux qui leur sont confiés, signaler par des rapports spéciaux ceux des entrepreneurs qui leur sembleraient devoir être exclus des adjudications.

Art. 12.

Aussitôt après l'approbation définitive des projets, les architectes doivent s'occuper de faire établir les détails définitifs d'exécution, à l'échelle de $0^m,02$ pour mètre, autant que possible, de manière à pouvoir commencer les travaux dès que l'adjudication est prononcée. Un dessinateur spécial, — si l'importance de l'opération nécessite une agence particulière, — sera immédiatement mis à cet effet à la disposition de l'architecte. Les détails définitifs pourront être autographiés, afin d'en faciliter la remise aux entrepreneurs. Il en sera transmis immédiatement deux exemplaires à la Direction et deux autres à l'Inspecteur général (Circulaire du 31 décembre 1874). Les frais de cette autographie seront imputés sur le crédit spécial des dépenses diverses de l'opération.

Plans et dessins d'exécution.

VI *d*

Art. 13.

Travaux spéciaux.

Trottoirs et égouts extérieurs (1). — Ainsi qu'il est dit à l'article 8, les travaux de trottoirs extérieurs et de branchements d'égouts sont exécutés par les ingénieurs, mais les architectes sont laissés juges de l'époque à laquelle l'exécution de ces travaux doit être demandée aux Services compétents.

Plantations (2). — Pour les travaux de plantations, les architectes devront se concerter avec les ingénieurs sur l'époque de leur exécution par ces derniers, afin qu'il puisse être tenu compte, tant de la saison convenable pour ce genre de travail, que du degré d'avancement de la construction.

Gaz (3). — Branchements de prise de gaz et compteurs. — Les branchements de gaz et les compteurs sont généralement établis et fournis par la Compagnie Parisienne qui les loue à la Ville ou au Département, à moins que l'Administration n'ait décidé, pour les immeubles lui appartenant et faisant partie du domaine permanent, de les faire établir et fournir à son compte. Les architectes auront à faire à cet égard des propositions, afin de permettre au Service administratif de statuer.

Dans tous les cas, lorsque les travaux d'installation intérieure des conduites de distribution sont assez avancés pour permettre de préciser le point où la conduite de prise et le compteur doivent être établis, les architectes en informent la Division d'architecture qui prend alors les mesures nécessaires pour demander à la Compagnie l'exécution des travaux dont elle est chargée et lui désigner le caractère communal ou départemental de l'établissement, que dès lors elle aura à éclairer au prix réduit de 0 fr. 15 le mètre cube de gaz.

Conduites de distribution et appareils. — Quant aux travaux de premier établissement des conduites de distribution intérieure et des appareils à gaz dont l'intégralité incombe aux architectes, ils doi-

---

(1) (2) (3) Voir, en outre, l'instruction spéciale en date du 25 novembre 1878

vent être exécutés conformément aux règlements spéciaux et notamment aux prescriptions des arrêtés des 13 février 1862 et 2 avril 1868.

Lorsque les travaux sont terminés, les architectes doivent en donner
avis au Service de l'éclairage de l'arrondissement dans lequel est situé
l'immeuble, afin qu'il puisse être procédé à la vérification et à la réception de l'installation. Si les travaux sont reconnus conformes aux règlements, il est immédiatement remis à l'architecte une permission
provisoire de faire usage du gaz ; si des travaux modificatifs ou complémentaires sont demandés par le Service de l'éclairage, ils font
l'objet de bulletins qui sont donnés directement aux architectes, et
ceux-ci sont tenus de faire faire les travaux dans les conditions et les
délais déterminés. La permission définitive de faire usage du gaz qui,
par suite de la réception de ladite installation, sera délivrée au Service
d'architecture, sera de suite transmise à l'architecte de l'établissement.
(Circulaire du 7 février 1873.)

Le gaz n'étant pas dû aux directeurs ou employés logés dans les
édifices municipaux ou départementaux, aucun travail ne doit être
entrepris à ce sujet sans une autorisation formelle de l'Administration.
(Circulaire du 26 novembre 1873.)

Distribution et branchements d'eau (1). — Pour les conduites de prise
à brancher sur la conduite publique, les architectes s'adressent directement à la Compagnie des eaux, qui exécute les travaux sous la surveillance des ingénieurs, en employant les entrepreneurs de leur
Service.

Sculpture d'ornement. — Sur la proposition de l'architecte de l'édifice, l'Administration confie, à prix débattu, à un artiste ornema-
niste, l'exécution du modèle. Cet artiste est chargé en outre, si l'Administration le juge utile : 1° d'une part de sculpture d'ornement à
exécuter personnellement d'après son modèle et qui sert de type
pour les autres lots à faire faire par les ornemanistes, dans les conditions ci-après déterminées ; 2° et, sous la direction de l'architecte,
de la surveillance, moyennant une allocation à tant du mille, des travaux faits d'après son modèle.

---

(1) Voir, en outre, l'instruction spéciale du 25 novembre 1878.

Sont exclusivement employés dans l'exécution, d'après modèle, des travaux de sculpture d'ornement, les praticiens agréés par l'Administration. Ces praticiens sont payés directement suivant des bordereaux spéciaux de prix qui sont établis par voie de règlement, immédiatement après l'exécution du modèle. Ces prix sont également applicables à l'auteur du modèle pour la part de sculpture d'ornement dont il est chargé.

Art. 14.

Modifications aux projets approuvés.

Les architectes ne doivent, sous aucun prétexte, apporter aux projets approuvés, qu'il s'agisse de travaux neufs ou de grosses réparations, des modifications ayant trait au système de construction, à la distribution intérieure, ni même au mode d'ornementation.

Toute modification devra être l'objet d'une demande d'autorisation spéciale et être signalée à l'Administration par un rapport détaillé faisant connaître les différences de dépense en plus ou en moins qui pourraient en résulter.

De plus, les architectes doivent indiquer sur les états mensuels, dans la colonne destinée à recevoir leurs observations : 1° la cause et l'objet des modifications apportées au devis ; 2° le chiffre de la dépense résultant des modifications et joindre à cet état un extrait de la partie correspondante du devis primitif. (Circulaire du 9 octobre 1875.)

Art. 15.

Interruption des travaux.

Les travaux autorisés doivent être poussés avec la plus grande activité, jusqu'à complet achèvement, et les architectes sont tenus de faire connaître à l'Administration les causes accidentelles ou autres qui pourraient en motiver l'interruption.

Art. 16.

Observation des lois et règlements.

Les architectes doivent se conformer, pour tout ce qui est applicable aux édifices ou bâtiments dont ils sont chargés, aux lois et règlements concernant la grande et la petite voirie, l'éclairage par le gaz, les eaux et les égouts, notamment, savoir :

Décret du 26 mars 1852 sur la *grande voirie ;*

Arrêté préfectoral du 19 décembre 1854 prescrivant la construction de *branchements d'égouts* pour l'écoulement des eaux pluviales et ménagères ;

Arrêté préfectoral du 25 février 1870 modifiant la section des branchements d'égouts ;

Arrêté préfectoral du 9 juin 1863 qui dispose que l'établissement et l'entretien des branchements d'égouts seront exécutés par le Service des Eaux et Égouts ;

Décrets du 27 juillet 1859, 1er août 1864 et 8 juin 1872 sur la *hauteur des bâtiments ;*

Arrêté préfectoral du 8 août 1874 concernant les constructions des *tuyaux de fumée,* dans l'intérieur des bâtiments ;

Ordonnance royale du 24 septembre 1819 ;

Instructions du Conseil de *salubrité* du 10 novembre 1848 et Ordonnance de police du 23 novembre 1853 ;

Ordonnance de Police du 1er décembre 1853 ; arrêté préfectoral du 1er août 1862, 2 juillet 1867 et 13 mai 1872, concernant la salubrité des habitations, la construction, la réparation et la vidange des *fosses d'aisances* et l'écoulement des *eaux-vannes,* par voie directe, dans les égouts publics ;

Règlement concernant les conduites et appareils d'*éclairage et de chauffage par le gaz* (Arrêtés préfectoraux des 18 février 1862 et 2 avril 1868 et Instruction annexée) ;

Règlement sur les *abonnements aux eaux* du 27 février 1860, approuvé par arrêté du 30 novembre 1860 ;

Arrêté préfectoral du 24 avril 1866 concernant l'*établissement des tuyaux de prise d'eau* dans les branchements d'égouts particuliers.

ART. 17.

Il est procédé à la **réception provisoire** et à la **réception définitive** des travaux, conformément aux articles 34 et 35 du Cahier des charges générales des Travaux d'architecture.

Réception des travaux

TITRE III

Comptabilité.

Art. 18.

Ordres de service aux
Entrepreneurs.

Un ordre de service écrit doit être délivré à l'entrepreneur pour tout travail à exécuter. Tout travail exécuté sans ordre écrit peut être rejeté du compte de l'entrepreneur.

Ces ordres de service, libellés sur les formules imprimées à cet effet, sont rédigés par l'architecte ou l'inspecteur et, dans tous les cas, toujours signés par l'architecte ; ils doivent être détachés d'un registre à souche, recevoir un numéro d'ordre sur les souches et sur les feuilles, mentionner l'édifice, l'emplacement des travaux et, s'il y a lieu, renvoyer aux plans, détails ou documents graphiques nécessaires à l'exécution. Ces ordres doivent être d'une grande précision et les travaux dont l'exécution est ordonnée, y être définis d'une manière exacte et complète : il est nécessaire d'y indiquer, en se référant aux articles correspondants des devis, les moyens de construction, la nature des matériaux à employer et, autant que possible, le chiffre maximum de la dépense dans lequel l'entrepreneur doit se renfermer.

Chaque ordre de service doit, en général, donner lieu à la production d'une annexe de la part de l'entrepreneur, sauf en ce qui concerne les travaux d'entretien, ainsi qu'on le verra à l'article 21.

Enfin, les ordres de service doivent fixer le délai d'exécution du travail et la date de production de l'annexe correspondante.

Le nombre des ordres de service relatifs à une opération est indéterminé ; il varie suivant la nature et l'importance de l'opération,

l'espèce des matériaux employés et la durée de l'exécution des travaux.

Tout ordre de service, avant d'être délivré à l'entrepreneur, est signé
par ledit entrepreneur ou son représentant, au registre à souche, au-
dessous de la formule disposée à cet effet ; les dates et délais à indiquer
doivent être mentionnés avec soin, de sorte que, pour une affaire ter-
minée, il n'existe aucune lacune dans les colonnes de ce registre, qui
ne doit d'ailleurs contenir ni grattages ni surcharges.

S'il y a lieu de modifier un ordre de service transcrit, les modifications seront indiquées à l'encre rouge et paraphées par l'architecte et
par l'entrepreneur ou son représentant.

ART. 19.

Le sous-inspecteur ou, à son défaut, le conducteur, tient un journal **Journal ou carnet d'attachements.**
ou carnet d'attachements sur lequel il inscrit par ordre chronologique,
pour servir à la vérification des annexes, le détail de tous les travaux
dont la trace doit disparaître ou qui doivent être cachés après l'achèvement des constructions ; il y consigne également les poids de tous
les métaux fournis ou façonnés.

Il inscrit également sur le carnet, par ordre chronologique et en rappelant leurs numéros, l'intitulé sommaire de chacune des annexes dont
il sera parlé à l'article 21, de telle sorte que tous les faits de dépense
soient constatés sur les carnets et qu'aucun mémoire ne puisse être
produit sans que la nature des faits de dépense qui y figurent se
retrouve sur le carnet.

Tous les relevés, croquis, pesées ou constats doivent être écrits ou dessinés à l'encre, sans grattages ni surcharges ; ils doivent en outre être
datés et paraphés par le titulaire du carnet, reconnus exacts et signés
par l'entrepreneur ou son représentant.

Les constats, quels qu'ils soient, n'établissent aucun droit pour
l'entrepreneur ; ils sont destinés à éclairer l'Administration sur les pré-
tentions qui peuvent se produire lors du règlement des dépenses : l'agent
chargé du carnet ne doit donc jamais refuser d'y mentionner aucun

travail dont l'entrepreneur réclame l'inscription comme exécuté dans des conditions exceptionnelles. Les dépenses qui figurent aux carnets ne sont portées au décompte qu'autant qu'elles sont admises par l'Administration.

Les détails, comme dimensions métriques, croquis, analyse sommaire des travaux exécutés, doivent être portés dans la page de droite du carnet, celle de gauche ne devant contenir que la désignation succincte et le résumé en quantité des ouvrages. Lorsque les dessins seront de trop grande dimension pour être portés sur les carnets, ils formeront des feuilles séparées rattachées au carnet par un numéro d'ordre. (Voir art. 20.)

Le numéro de l'ordre de service correspondant au travail faisant l'objet de l'inscription au carnet, sera inscrit dans la colonne voisine de celle qui reçoit les numéros d'ordre des articles dudit carnet.

Le carnet est remis au vérificateur, sur sa demande, pour la vérification des annexes présentées par les entrepreneurs. En conséquence, pour éviter toute interruption dans les constatations des travaux, le conducteur ou le piqueur chargé du relevé des attachements tiendra concurremment deux carnets, l'un portant une série de numéros pairs, l'autre une série de numéros impairs.

Le vérificateur accolade à l'encre rouge, sur le carnet, chacun des articles par lui relevés, en indiquant, au-dessous du numéro d'ordre, le numéro de l'annexe correspondante.

Les carnets doivent être visés une fois par mois au moins par l'architecte, qui les délivre aux agents, après en avoir numéroté et paraphé les feuillets par premier et dernier. L'architecte doit s'assurer que rien n'est oublié sur le carnet, et refusera de laisser porter dans les mémoires des entrepreneurs aucun fait de dépense qui ne figurerait pas sur les carnets. L'architecte est personnellement responsable des erreurs ou des oublis qu'il laisserait commettre en n'exerçant pas très-rigoureusement la surveillance qui lui est imposée par les règlements.

Il est malheureusement certain que, par incurie ou pour d'autres causes, il arrive trop fréquemment que des mémoires d'entrepreneurs comprenant des travaux qui ne sont pas exécutés ou des quantités de travaux plus considérables que celles effectuées, sont réglés sans que ces fraudes soient relevées.

La bonne tenue des carnets et l'application des règles prescrites doivent éviter ces désordres. On ne saurait trop appeler l'attention des architectes sur les faits qui viennent d'être rappelés. Ils manqueraient à tous leurs devoirs s'ils n'en assuraient pas la répression.

Art. 20.

Les attachements figurés sont des relevés à l'échelle des croquis faits sur le carnet. Ils sont dressés pour servir à la fois à l'appréciation des travaux d'ensemble et au contrôle des relevés partiels portés sur les carnets. Ils sont rattachés à ceux-ci par l'inscription des numéros d'ordre des articles correspondants et par celle des numéros des ordres de service et des annexes qui s'y rapportent.

Ils peuvent être préparés et fournis par l'entrepreneur, mais sans l'inscription d'aucune cote, ni de légendes et renseignements écrits d'aucune nature ; les cotes et les indications écrites qui peuvent être nécessaires doivent être apposées sur les feuilles de dessin par le sous-inspecteur ou le conducteur chargé de faire les relevés sur place.

Ces attachements doivent être signés par le sous-inspecteur ou le conducteur qui les a dressés, puis soumis au visa de l'inspecteur qui, après s'être assuré que les légendes sont conformes aux ordres de service, les présente à la signature de l'architecte et en donne ensuite connaissance à l'entrepreneur ou à son représentant, qui doit y apposer également sa signature pour acceptation.

Attachements figurés.

Art. 21.

Les annexes sont des mémoires partiels que produisent les entrepreneurs suivant les règles prescrites par l'Administration et qui servent, d'une part, à établir la situation des dépenses faites pour la délivrance des à-compte, d'autre part, à dresser les décomptes des travaux pour la liquidation définitive des sommes dues aux entrepreneurs.

Les annexes, rédigées en simple expédition, datées et signées par

Annexes.

l'entrepreneur, sont présentées sur papier libre dans une forme spéciale déterminée par l'Administration et à laquelle l'entrepreneur est rigoureusement tenu de se conformer.

Elles doivent porter, avec la plus grande exactitude, les numéros des ordres de service correspondants et être accompagnées chacune d'un tableau de classement contenant les éléments du résumé des quantités de même nature, tableau qui doit être également conforme au modèle fixé par l'Administration.

Les annexes doivent rappeler, avec les numéros des pages et des inscriptions, les travaux qui ont été inscrits sur les carnets.

L'inspecteur veille à ce que les annexes soient remises au bureau de l'architecte à l'époque indiquée par les ordres de service : il inscrit leur date de réception sur les souches du livre des ordres de service. Il en contrôle avec soin le contenu, pour s'assurer que, dans la nature et l'importance des travaux exécutés, on a strictement observé les prescriptions de l'ordre de service correspondant; il indique en marge ses observations sur l'exécution, s'il y a lieu.

Il vérifiera la concordance des articles portés sur les annexes et relevés sur les carnets et il barrera par un trait rouge les articles des carnets, rapportés sur les annexes.

Ce contrôle terminé, il date et signe la formule de visa disposée à cet effet, en ayant soin de mentionner exactement les numéros des ordres de service auxquels les annexes sont relatives; ensuite il remet immédiatement les annexes au vérificateur pour en opérer le règlement.

S'il y a dans les annexes un défaut de concordance avec les prescriptions des ordres de service et avec les inscriptions des carnets, l'inspecteur devra, avant de faire procéder à la vérification, appeler l'entrepreneur à fin d'explication et, en cas de difficulté, en référer sur-le-champ à l'architecte.

Le vérificateur doit, dès qu'il a reçu une annexe, en inscrire le montant en demande au sommier et au dossier d'annexes et de décomptes où elle sera ultérieurement classée (voir les art. 24 et 25 ci-après). Ensuite il la vérifie tant sur place que sur attachements et après avoir indiqué à l'encre rouge, suivant l'usage, le règlement qu'il propose, l'avoir datée et signée, la remet à l'architecte qui, s'il y a lieu, revêt de sa signature le visa approbatif du règlement. L'architecte en donne ensuite communication à l'entrepreneur qui accepte le règlement en apposant sa signature au-dessous de la formule de visa préparée à cet effet ou, dans le cas contraire, présente sa réclamation dans la forme usitée et dans les délais fixés par les cahiers des charges.

Les annexes sont envoyées en révision à l'appui du décompte, mais elles sont provisoirement et jusqu'à la rédaction dudit décompte, classées dans les dossiers d'annexes et de décomptes dont il a été parlé plus haut.

Les annexes sont relatives soit à des travaux d'entretien, soit à des grosses réparations ou à des travaux neufs.

Quand il s'agit de travaux neufs ou de grosses réparations, une annexe doit être présentée pour chacun des ordres de service délivrés à l'entrepreneur; mais les annexes concernant les dépenses d'entretien peuvent embrasser à la fois plusieurs ordres de service : pour ces derniers travaux, l'entrepreneur n'en produira qu'une par mois et par nature d'édifices, de sorte que le décompte trimestriel ne sera dressé qu'au moyen de trois annexes, comme il sera expliqué ci-après (art. 22).

Les numéros des ordres de service doivent être rappelés avec soin sur chacune des annexes correspondantes.

Art. 22.

Décomptes.

Les décomptes sont dressés par les vérificateurs à l'aide des annexes qu'ils ont vérifiées et réglées; ils sont de deux espèces : les uns sont provisoires, les autres définitifs.

Les décomptes provisoires s'appliquent généralement aux opérations d'une certaine durée et permettent de reviser les règlements faits par le vérificateur au fur et à mesure de l'avancement des travaux.

Les décomptes définitifs sont établis en fin d'opération, de manière à en permettre la liquidation complète.

Les décomptes, quels qu'ils soient, sont les résumés des annexes réglées relatives à un travail complet ou à une partie de travail; ceux concernant les travaux d'entretien sont produits par trimestre; ils sont définitifs et se divisent chacun en trois parties distinctes qui se rapportent chacune à l'un des mois de ce trimestre (voir art. 21). On inscrit le nom du premier de ces mois dans le corps des décomptes, on transcrit au-dessous le résumé de l'annexe correspondante et ainsi de suite pour le 2e et le 3e mois; le total des décomptes auquel on applique le rabais de l'entreprise, est formé de la réunion des trois résumés d'annexes ainsi transcrits à la suite les uns des autres.

Ces décomptes d'entretien doivent être, avec leur annexes, adressés par les architectes, après examen, au bureau de la Comptabilité des Travaux d'architecture, au plus tard le 20 du mois suivant l'expiration du trimestre.

Pour les travaux neufs ou de grosses réparations de peu d'importance, et dont l'exécution durera peu de temps, il sera fait seulement des décomptes définitifs lors de l'achèvement des travaux; ces décomptes, dressés en quatre expéditions dont une timbrée, accompagnés des annexes, tableaux de classement et résumés des carnets et des annexes qui ont servi à les établir, doivent être adressés par l'architecte, après examen, au bureau de la Comptabilité des Travaux, dans le mois qui suit l'achèvement des travaux.

Pour les opérations d'une certaine importance et susceptibles d'une assez longue durée, il sera dressé, à l'expiration de chaque trimestre, un décompte provisoire qui permettra à la révision de faire ses opérations et d'arrêter, autant que possible, d'une manière précise, le chiffre de la dépense faite au fur et à mesure de l'avancement des travaux; ces décomptes provisoires sont, en fin d'opération, résumés dans un décompte définitif.

Les décomptes provisoires sont présentés seulement en double expédition sur papier libre; ils sont, comme les décomptes définitifs, adressés au bureau de la Comptabilité des Travaux, accompagnés des annexes, tableaux de classement et résumés des carnets et des annexes qui ont servi à les dresser.

Une expédition des décomptes provisoires avec les annexes et pièces à l'appui est, après révision et acceptation par l'entrepreneur, renvoyée à l'architecte qui la fait classer dans les dossiers d'annexes et de décomptes à cet usage, jusqu'à la production des décomptes définitifs; l'autre expédition reste entre les mains du contrôleur pour ses opérations ultérieures de révision du décompte définitif.

Pour les travaux d'une grande importance et destinés à durer pendant plusieurs années, on ne se bornera pas à dresser les décomptes provisoires et un seul décompte définitif en fin d'opération ; il sera, dans ce cas, établi chaque année un décompte définitif des travaux exécutés, correspondant à l'allocation budgétaire et résumant les décomptes provisoires trimestriels. Ces décomptes définitifs annuels seront dûment acceptés par les entrepreneurs et ne pourront ultérieurement donner lieu de leur part à aucune réclamation.

Lorsque les décomptes définitifs auront été revisés et acceptés par les entrepreneurs, il en sera renvoyé à l'architecte trois expéditions dont celle sur timbre avec les annexes et pièces à l'appui ; une des expéditions sera classée au bureau de l'architecte, dans le dossier de l'opération, les deux autres expéditions, dont celle sur papier timbré, seront jointes à la proposition de solde de dépense, dressée par le vérificateur comme il sera expliqué à l'article 27.

Les noms des entrepreneurs, la désignation des raisons sociales, doivent être écrits dans les décomptes, ainsi du reste que dans toutes les pièces de comptabilité où ils sont mentionnés, exactement comme l'indiquent les marchés des entreprises, sans omission de prénoms ou d'initiales ; aucun changement ne peut y être apporté sans une autorisation régulière de l'Administration.

Les décomptes, notamment les expéditions timbrées, ne doivent contenir ni grattage ni surcharge ; si des rectifications d'écriture sont nécessaires, elles feront l'objet de renvois à l'encre rouge approuvés et signés par l'architecte.

Les décomptes se diviseront, s'il y a lieu, en plusieurs parties : l'une comprenant tous les travaux exécutés en vertu de l'adjudication et soumis à l'application du rabais ; l'autre comprenant le remboursement des avances que l'entrepreneur aura pu faire, ou les fournitures qui lui auront été demandées et qui ne sont pas susceptibles d'être frappées du rabais soumissionné.

Si des retenues sont à exercer en vertu des cahiers des charges, elles formeront une troisième partie dont le montant viendra en déduction du total des deux autres.

Les décomptes doivent indiquer, sans omission, en regard de chacun

des prix des ouvrages, les numéros correspondants de la série officielle de la Ville de Paris : tout prix non prévu dans ladite série ou
dans une série spéciale approuvée par l'Administration, sera précédé
du mot « estimation », inscrit dans la colonne intitulée : Numéros des
prix de la série.

Il ne doit être indiqué aucun prix de série particulière n'ayant pas
reçu la sanction de l'Administration.

Art. 23.

État des retenues
encourues par les
entrepreneurs.

Les infractions à certaines clauses des cahiers des charges donnent
lieu à des retenues sur les sommes dues aux entrepreneurs de travaux.

Ces infractions sont constatées au moyen de bulletins de forme
spéciale signés par l'agent, auteur de la constatation. Ces bulletins
portent le visa de l'inspecteur ainsi que celui de l'architecte.

Les infractions constatées sont résumées dans un état, de type déterminé par l'Administration, indiquant le total des retenues à exercer.

L'entrepreneur est invité à prendre connaissance de l'état des retenues qu'il a encourues et à présenter ses réclamations, s'il y a lieu,
dans le délai de dix jours.

Dans le cas où les retenues proposées sont maintenues, les états,
après avoir été revêtus de l'approbation administrative, sont joints au
décompte des travaux et le chiffre est porté en déduction sur le
décompte.

Art. 24.

Dossier d'annexes et
de décomptes.
Bordereau de décomp-
tes ou Mémoires.

Les annexes et les décomptes sont classés par le vérificateur au bureau de l'architecte, dans des chemises spéciales intitulées : « Dossier
d'annexes et de décomptes ».

Chacun de ces dossiers se rapporte à un entrepreneur et renfermera,
en ce qui le concerne, toutes les pièces de dépense relative à un
même crédit pour un exercice entier.

Quand il s'agit d'une opération de longue durée, les dossiers ouverts par exercice au même entrepreneur seront classés dans une même chemise de dossier servant au classement général des pièces.

Le vérificateur inscrit aux dossiers des annexes et décomptes le chiffre des annexes en demande dès que les entrepreneurs les remettront, le montant des chiffres fournis par la vérification dès que le règlement sera terminé, et enfin le règlement définitif résultant de la révision, dès qu'il sera connu.

Les annexes conservées provisoirement au bureau de l'architecte jusqu'à la rédaction du décompte correspondant, et les décomptes provisoires conservés de même jusqu'à la production du décompte définitif (art. 22), doivent rester classés pendant cette période dans les dossiers d'annexes et de décomptes de l'entreprise.

Le bordereau de décomptes ou mémoires ne sert qu'à la transmission des pièces de dépenses à l'Administration : il ne doit jamais être employé au classement dans le bureau de l'architecte.

Art. 25.

Le sommier est le livre de comptabilité de l'architecte. Il est tenu par le vérificateur. **Sommier.**

Les faits de dépenses mentionnés dans les carnets d'attachements et les annexes au fur et à mesure de l'avancement des travaux y sont inscrits suivant un classement méthodique par crédit, par opération et par nom d'entrepreneur. Les mentions sont faites en rappelant les numéros des pages et des inscriptions sur les carnets, et on inscrit sur les carnets, à l'encre rouge, l'indication de la transcription sur le sommier avec le numéro de cette inscription, de manière à ce qu'en feuilletant le carnet ou le sommier, on puisse retrouver immédiatement les articles correspondants.

Le sommier se divise en deux parties : la première est affectée à la nomenclature des crédits ou portions de crédits mis à la disposition de l'architecte pour le paiement des dépenses autorisées; la seconde est formée dse comptes ouverts par crédit aux divers entrepreneurs des travaux.

Il est nécessaire de placer en tête de ce registre folioté, en se servant des feuilles laissées blanches à cet effet, une table ou répertoire contenant une liste des crédits d'imputation avec des numéros de renvoi aux feuilles où se trouve le détail des dépenses à payer sur ces mêmes crédits.

La liste de tous les crédits ou portions de crédits mis à la disposition de l'architecte, ayant été portée dans la première partie du sommier, il faut, dans la seconde partie ouvrir un compte à chacun de ces crédits, et à chaque crédit ouvrir un compte particulier aux entrepreneurs des travaux payables sur ce crédit. Les noms des entrepreneurs, les rabais d'adjudication, les dates de marchés doivent être écrits avec une grande exactitude. C'est après avoir porté toutes ces indications qu'on passera à l'enregistrement des chiffres de dépenses.

Le montant des annexes est inscrit dans le sommier, en demande, en règlement, en révision, et celui des décomptes, d'après les chiffres proposés par l'architecte et d'après les chiffres résultant de la révision. Pour ces derniers, il conviendra d'indiquer dans la colonne d'observations s'ils sont provisoires ou définitifs.

Ces inscriptions doivent avoir lieu exactement au fur et à mesure de la production des pièces de comptabilité et de la connaissance des chiffres que fournissent les règlements successifs des dépenses.

Le montant des certificats délivrés pour à-compte ou soldes et les dates d'émission des certificats, y doivent être aussi mentionnés dès que les propositions de paiement sont faites par l'architecte au profit des entrepreneurs et dès que l'avis de délivrance des certificats de paiement correspondant est transmis à l'architecte pour le service de Comptabilité des Travaux d'architecture.

Le sommier s'applique à tous les travaux du Service de l'architecte; il contient toutes les dépenses imputables sur un même exercice et par conséquent, est renouvelé chaque année. Il ne doit renfermer ni grattages ni surcharges; toute modification doit faire l'objet d'un renvoi signé et approuvé dans la colonne d'observations.

Pour les opérations suivies par les agences temporaires, il peut être ouvert des sommiers particuliers qui sont alors des registres spéciaux à ces opérations et reçoivent l'indication de toutes les dépenses qui s'y rapportent jusqu'à l'achèvement des travaux.

Art. 26.

Les états sommaires dressés par les vérificateurs présentent la situation des dépenses des travaux à la fin de chaque mois. Ils sont établis sur deux formules imprimées distinctes, l'une concernant les travaux d'entretien, l'autre les grosses réparations et travaux neufs.

États sommaires mensuels des dépenses.

Ces états, après avoir été vérifiés par l'architecte, doivent être adressés au Service de la Comptabilité des Travaux d'Architecture, au plus tard le 10 de chaque mois.

Dans ces états, la page de gauche contient les indications caractéristiques des travaux exécutés, telles que : nature des ouvrages, emplacement d'exécution, date des autorisations, noms des entrepreneurs, montant des dépenses autorisées ; la page de droite reçoit la constatation des dépenses, avec distinction de celles qui sont faites et de celles dont le paiement est ou a déjà été proposé.

L'état sommaire n'est donc pas seulement un tableau de situation mensuelle ; il sert en outre à proposer, à la fin de chaque mois, le paiement des sommes dues aux entrepreneurs en raison de l'avancement des travaux par eux exécutés.

Les articles de dépenses y doivent être inscrits dans l'ordre numérique des crédits budgétaires. Les sommes allouées par ordre de service signés du Directeur, sur les crédits d'entretien, les chiffres de dépenses compris dans les arrêtés d'autorisation, seront relatés avec exactitude dans les colonnes destinées à leur inscription. Les noms des entrepreneurs seront écrits avec le plus grand soin, comme sur les décomptes (voir art. 22).

Cette précaution est d'autant plus nécessaire que la moindre erreur entraîne des difficultés et des retards dans les paiements à faire.

Les chiffres de dépenses s'établissent d'après le montant des annexes produites par les entrepreneurs et inscrites sur le sommier, de telle sorte que les sommes à porter dans l'état sommaire sont immédiatement fournies par le sommier qui devra toujours concorder avec l'état mensuel et les dossiers d'annexes et de décomptes des entrepreneurs.

Des colonnes distinctes sont destinées à recevoir les propositions d'à-compte et de solde. Le montant des propositions de paiement suivies d'effet s'indique au moyen de bulletins d'avis transmis à l'architecte par le Service de la Comptabilité des travaux, pour tous les certificats de paiement délivrés.

Les chiffres de dépenses doivent se renfermer dans la limite des sommes autorisées. Si des excédants se produisent, l'architecte en demandera immédiatement l'approbation, et le paiement par à-compte des sommes dues aux entrepreneurs ne pourra se continuer au delà des neuf dixièmes des crédits primitifs, qu'après l'allocation régulière des suppléments réclamés.

Toute proposition de paiement ne peut d'ailleurs recevoir de suite que si elle est basée, pour les grosses réparations et les travaux neufs, sur une autorisation administrative accordée sous la forme d'un arrêté préfectoral; pour les travaux d'entretien, sur la notification officielle d'une allocation sur les fonds d'entretien pour dépenses obligatoires ou pour dépenses facultatives.

Les à-compte sont proposés en sommes rondes par centaines ou par milliers de francs, suivant l'importance des dépenses faites. La quotité de la retenue de garantie peut toujours être déterminée de manière à atteindre ce résultat.

La liquidation complète des sommes dues à un entrepreneur est opérée au moyen d'un dernier paiement appelé solde, dont il sera parlé dans l'article suivant.

Les opérations dont toutes les dépenses ne sont pas liquidées d'une manière complète, doivent figurer dans les états sommaires mensuels et y demeurer inscrites jusqu'à ce que les dépenses soient entièrement payées, quand même des formalités administratives à remplir entraîneraient une suspension momentanée de paiements.

La récapitulation qui termine les états sommaires présente, par crédits, pour les dépenses ordinaires, et par opérations, pour les grands travaux, le tableau des fonds alloués à l'architecte d'une part, et de l'autre le résumé des dépenses auxquelles ces fonds ont été consacrés.

Les états sommaires du mois de décembre ne pouvant contenir, en général, l'indication de tous les paiements restant à imputer sur les crédits de l'exercice, des états complémentaires sont dressés pour les travaux d'entretien, ainsi que pour les grosses réparations et pour les travaux neufs, sous la désignation d'états sommaires rectificatifs, afin de présenter les dernières propositions auxquelles il est possible de donner suite avant que l'exercice soit clos.

Art. 27.

Le paiement ou solde par lequel se termine la liquidation des sommes dues à un entrepreneur pour un travail déterminé est proposé, comme les à-compte dans l'état sommaire mensuel. Une colonne spéciale, préparée à cet effet, figure dans l'état sommaire.

Propositions pour le solde des sommes dues aux Entrepreneurs.

La proposition doit, pour qu'on puisse y donner suite, être accompagnée du décompte définitif de la dépense.

Quand un semblable décompte a été définitivement arrêté par les Services de la Révision et du Contrôle, trois expéditions, dont celle timbrée, sont, à fin de proposition de solde, renvoyées à l'architecte avec les annexes ou les décomptes provisoires, s'il en a été dressé.

L'architecte renvoie au Service de la Comptabilité des Travaux deux expéditions du décompte définitif, dont celle timbrée, avec son rapport pour solde, rédigé sur la formule imprimée spécialement pour cet objet.

Il joint à l'appui du rapport pour solde un certificat de réception des travaux, dans la forme ordinaire, en deux expéditions, dont une timbrée.

Les à-compte dont le paiement a précédé la proposition de solde doivent être relatés avec la plus scrupuleuse exactitude dans la colonne du rapport destinée à en recevoir l'inscription.

Le total des à-compte et du solde doit, pour que le paiement du solde puisse avoir lieu, ne pas dépasser la limite de la somme autorisée ; dans le cas contraire, l'architecte demandera préalablement, par un rapport dans les formes usitées, l'approbation de l'excédant constaté, et ce n'est qu'après une approbation régulière de l'excédant par arrêté préfectoral, que la proposition de solde pourra être suivie d'effet. La marche à suivre est la même que celle dont il a été question au sujet du paiement des à-compte. (Voir art. 26.)

Les propositions de solde sont dressées par le vérificateur et signées, comme toutes les pièces du Service, par l'architecte.

TITRE IV

Correspondance avec l'Administration

Art. 28.

Les architectes répondent aux demandes de renseignements ou de transmission de pièces sur le communiqué qui leur est adressé, mais ils fournissent des rapports toutes les fois que les renseignements ou les propositions à fournir comportent un certain développement, soit en raison de leur multiplicité, soit en raison de l'importance de l'affaire traitée, qu'il s'agisse de questions d'art ou de construction, de questions contentieuses ou autres.

Ces rapports, ainsi que ceux qui font partie intégrante d'un projet, comme il est dit à l'article 8, contiennent non-seulement l'opinion et les conclusions nettes et précises de leur rédacteur, mais encore tous les arguments sur lesquels elles sont basées. Ces rapports sont rédigés avec le plus grand soin et la forme en est impersonnelle et dégagée de tout préambule et de toute formule finale de pure cérémonie, de façon qu'ils puissent être soumis, selon le cas, à l'examen ou à l'approbation du Préfet, du Conseil municipal ou du Conseil général,

Communiqués et rapports

Art. 29 et dernier.

Des états de rappel des affaires ayant plus de huit jours de date sont adressés chaque quinzaine aux architectes, afin qu'ils en activent l'instruction et fassent eux-mêmes des rappels à ceux de leurs agents auprès desquels cela serait nécessaire.

Rappels.

Ces états doivent être immédiatement retournés à la Direction, avec indication des causes qui retardent l'envoi des documents réclamés ou de la date à laquelle ils seront fournis. C'est là une simple mesure d'ordre qui ne touche en rien le fond des affaires, auxquelles il doit toujours être fait une réponse spéciale, soit par un rapport, soit au moyen du communiqué même de transmission, ainsi qu'il est dit à l'article qui précède. (Circulaire du 19 février 1875.)

Paris, le 20 décembre 1875.

L'Inspecteur général des Ponts et Chaussées,

Directeur des Travaux de Paris,

ALPHAND.

IMPRIMERIE CENTRALE DES CHEMINS DE FER. — A. CHAIX ET Cⁱᵉ, RUE BERGÈRE, 20, A PARIS. — 9429-0.

www.ingramcontent.com/pod-product-compliance
Lightning Source LLC
Chambersburg PA
CBHW060854180626
46818CB00004B/1705